AF454637

1902 (Décembre 14)

CATALOGUE

D'UN

TABLEAU

DE L'ÉCOLE FRANÇAISE

Du Commencement du XVIIIe Siècle

ET D'UN

MAGNIFIQUE RÉGULATEUR

DU TEMPS DE LOUIS XIV

Appartenant à M. le Comte B. de C...

ET DONT LA VENTE AUX ENCHÈRES PUBLIQUES AURA LIEU

HOTEL DROUOT, SALLE N° 9

Le Mercredi 14 Décembre 1904

A QUATRE HEURES

Me F. LAIR-DUBREUIL | **M. GEORGES SORTAIS**

COMMISSAIRE-PRISEUR | PEINTRE-EXPERT PRÈS LE TRIBUNAL CIVIL

6, Rue de Hanovre, 6 | 4, Rue Mogador, 4

EXPOSITIONS

PARTICULIÈRE : Le Mardi 14 Décembre 1904, de 2 h. à 6 h.

PUBLIQUE : Le Mercredi 15 Décembre (jour de la vente), de 2 h. à 4 h.

CONDITIONS DE LA VENTE

Elle sera faite au comptant.

Les acquéreurs payeront *dix pour cent* en sus des prix d'adjudication.

Aucune réclamation ne sera admise une fois l'adjudication prononcée.

Le tableau est vendu sans aucun droit de reproduction.

Paris. — Imp. Georges Petit, 12, rue Godot-de-Mauroi. — 14915-04.

N° 1

ÉCOLE FRANÇAISE

DU COMMENCEMENT DU XVIIIe SIÈCLE

I — *Portrait d'un Peintre.*

Il est assis dans un fauteuil à grand dossier de velours vert, l'œil attentif dans la glace où se reflètent ses traits. Tourné de trois quarts vers la droite, coiffé d'une perruque légèrement poudrée et le col entrouvert d'où s'échappent les rubans d'une cravate de satin mauve. Il porte un habit de velours vert bronze, les manches retroussées, sa palette dans la main gauche, tandis que, de la droite, il peint sur une toile posée devant lui, fixée à son chevalet.

Derrière lui, au premier plan, la statue d'Antinoüs, des cartons et rouleaux contenant des dessins, un compas et un porte crayon.

Magnifique cadre en bois sculpté et doré de l'époque Louis XIV.

Toile. Haut., 1 m. 42 ; larg., 1 m. 15.

2 — *Magnifique Régulateur du temps de Louis XIV, en marqueterie de Boulle.*

Cuivre sur écaille noire, première partie, très richement garni de bronzes ciselés et dorés à mascaron, tête d'homme ailée, couronnée de fleurs et surmontée d'un sablier ; enroulements, rosaces, moulures, oves et cartouche élégant encadrant le cadran simulé.

Une musique à carillon était primitivement placée dans le socle.

Hauteur du régulateur, 3 m. 30.

A figuré sous le n° 76 au Catalogue de la vente de Mlle de Ch. (20 mai 1896).

Nº 2